ALEX  PATZOLD

# Poemas de un

# **Peregrino**

Alex Patzold



Este libro se terminó de imprimir en La Imprenta Digital SRL, Melo 3711 Buenos Aires, en Octubre de 2015, con una tirada de 1500 ejemplares"

Whatsapp  Autor : + 436602217676
Mail : alexpatzold@gmail.com
Facebook : Alex Patzold
Facebook  Comunidad :
Soñadores Sin Fronteras – Dreamers Without Borders

A mi madre Flora Kavcic
A mi hermano Gerardo.
A mis hijos:
Bárbara,
Valentina,
Y Tomas.
A mí amada Sole que me acompaña
en mis sueños y que me dio la energía
para intentar llevar este sueño a la realidad.


A mis amigos,…. los de siempre,
los que pasaron, los que llegan,
los que vienen, los que van
y los que siempre están.


Agradezco también,
a todos  aquellos que de algún modo,
Me impulsaron a continuar con mis escritos,
Y compartieron en secreto,
mis borradores más íntimos,
o me apoyaron con su sincero afecto.

**Intenciones**


Después de varios años
Sin publicar,
Decidí hacerlo otra vez
Porque ya no sabía
Que destino dar
A mis papeles guardados.

# TE VI

Te vi alejarte

Solo diste la vuelta
Y partiste.

Fue entonces
Que me di cuenta
Que la lagrima,
Tenía una razón
Para ser.

# AMOR

Amor,
Llegaste a mí
Como el mar
Que sube o se retira,
Que me lava,
Que me limpia,
Que lastima
Y que cava en cada empuje
Hasta el centro más profundo
De mi herida.


Amor,
Llegaste así
Talvez para quedarte,
Quisiera
Tan solo quisiera
Que el mar no venga a buscarte.

## DESPEDIDA

Debías irte,
Nadie podía pedirte
Que te quedaras

Te vi partir
Hacia donde, hasta siempre,
Hasta cuando,
Con el alma temblando.

No te abrace,
No quise hacerlo,
Y fue por mí,
(no hubiera tenido
El valor de soltarte)

Aun hoy, lo recuerdo.
Solo nos miramos
Sin decirnos nada.

Los ojos mojados,
La piel rota,
Vacío el pecho,
Quieto el aliento
Y con los labios sellados.

# NOCTURNA

Un pie que no sostiene
Una mano fría
Hacia la nada.
Un silencio quebrado
Un pecho que se agita
Un entrar de mí
Entre tus piernas
Un beso de tu boca
En mi hombro
Un arar con mis dedos
En tu espalda.
El sabor salado de tu cuerpo
Un secreto al oído sin respuesta
Y un gemido nuevo en tu sonrisa.
Un sereno suspiro entrecortado
Tu cintura atrapada por mis brazos
Y tu boca aferrada por la mía.
Un frenesí mayor
Tu aliento sobre el mío
Un temblor
Y un río rompiendo en tus entrañas
Y un silencio
De repente
Rendido sobre el vientre
Que ilumina
El sol en su llegada.

## SUKA N.

Eres una potencia extraña,
De impulsos y conflictos,
De sueños destapados
Y de secretos que no son secretos.
Eres una promesa de amistad,
Un futuro complicado
Y un cambio propuesto
Que nunca llega.
Eres mil cosas y una sola
….poesía, fuerza, debilidad,
Y el sol ardiendo sobre tu cabeza.
Eres buena y mala,
Extraña y tan distinta de otras,
Una ilusión y una flor
Que se marchito antes de abrirse.

Eres un tiempo que no tuvo tiempo,
De decidir que era mejor,
Y un eje que todo lo mueve,
O que todo quiere moverlo.
Eres el miedo que siento al hablarte,
Y las ganas de escapar de ti
Siempre.
Eres alguien igual y diferente,
Y alguien que no me deja ser.
Eres un mar que no conozco,
Y un mar embravecido
Que solo Dios sabe
….cuando dejara de serlo.

# ROJA HERIDA

Roja, como una herida
Como el claro amanecer
De un día.
Como el color,
De una mejilla en llanto
Como una pupila
En el quebranto.
Roja, talvez,
Roja y profunda
Como una espina
Que tu sangre empuja
Doliente,
Presente, ausente,
Como el amor y el dolor
Llegando y partiendo
Siempre.
Roja, ahora si
Mi herida
Así te fuiste amor
Llevándote mi vida.

# ADIOS

Ahora que todo esta perdido
Ahora que todo ha terminado
Deliro por cuanto te he esperado
Y cuanto por amor por ti he sufrido.
Por otra mujer yo no sentido
Amor tan platónico y soñado
Decidme Dios que hay comparado
Al extenso dolor que yo he vivido.

Me ataca sin razón tu imagen siempre
Y me siguen tus ojos donde vaya
Te espera cada noche hasta que estalla
Hinchado el corazón sin que regreses.
Por todo esto amor debo matarte
Haciendo en cada verso una estocada
Pondré una flor sobre tu almohada
Y un lento veneno hasta olvidarte.

Talvez así logre sacarte
De cada segundo que respiro
Si seco en lágrimas consigo
De todos mis miembros extirparte.
Aun llevo tu piel a mi adherido
Y se que será dura esta campaña
Mis ojos dolidos no me engañan
Y tiembla mi lápiz cuando escribo.
Adiós amor, ya no habrá nada
Un beso en mis recuerdos te destino
Cuan duro será sin vos, saber que aun vivo
Y cuan triste es el amor, cuando se acaba.

## REPROCHE

Me podrás decir que ya no río,
Que me han marchitado las mentiras,
Que se me han desvanecido
de entre las manos
Algunos sueños,
(no todos)
Y que el atardecer me llego más rápido
De lo que pensabas.
Que cada día escribo más
Y te hablo menos,
Como si en el reloj, el tiempo se acabara.
Me dirás que mi pelo esta mas blanco
Y mi mirada un poco mas endurecida,
Mi llanto más corto,
Y más hondo
El corte en mis heridas.
Me preguntaras que me ha pasado
Y seguramente, no te responda
Y solo acaricie tu pecho en el silencio.
Amor, podrás decirme tantas cosas,
Pero aunque sufras
Por verme de este modo,
Estaré junto a ti
Como siempre,
Adherido a tu piel
Cuando llegue la noche.

# TUVE

Tuve más talvez
De lo que merecí tener de ella.

Tuve su compañía, su voz y sus manos,
Talvez menos de lo que hubiera querido.
Tuve su amistad, su mirada,
Y sus sueños encerrados en mis recuerdos.
Tuve las medidas de sus distancias
Y el frío en su piel cada vez que me acercaba.
Tuve tanta necesidad de decírselo,
Como ella tanta necesidad
De lo que le dijese no la afectara.
Tuve sus lágrimas solo una vez
Porque no se animaba a sufrir
Y no quería tampoco verse débil.
Tuve sus reproches por quedarme callado
Cuando debí responder.
Tuve el temor por no poder olvidarla
Y la confianza para decírselo.
Tuve toda su energía
Contagiándome el alma
Y toda su inocencia
Haciéndome reír.
Tuve toda su atención y su persona,
Dios….,
¿ De que puedo quejarme ?

# IRA

Como un enojo saliendo
De muy adentro,
Con toda la presión
Llegando desde
Tu dolor más profundo.

Como un golpe de ira,
De rabia, de histeria,
Y de llanto,
Tensa la mirada
Y tensos los músculos.

Como un río
Desbordante iba
La sangre
Por tus ojos.

Como un grito
Partiendo lo absoluto
De un silencio.

Como un fuego
Devorando tus entrañas
Hasta dejar cenizas.

Como una impotencia,
Detenida,
Estabas.
Ahí parada.

# PEQUEÑA

Con mis ojos
Ingresare a tu alma
Y llorare de alegría
Al hacerte mía;
Y en tu mirada
Penetrara mi mente
Para captar tus sueños
Aun sin dueño.

Y  mis labios,
Recorrerán de besos
Tu geografía,
Y en cada gozo
Que de tu aliento
Podrá temblar
Toda tu piel
Entre la mía.

Y mis labios
Conquistaran sin temor
Tu territorio
Y medirán la esencia
De tus suspiros,
Mientras mis brazos
Recogerán
Lo que de ti quede
Cuando contra mi pecho
Te quedes dormida

# A TU ENCUENTRO

Te busque aquella noche, cuando todos
dormían
Una flor encendida, bajo el brillo del llanto
Un umbral traspasado, una pálida risa
Y el sabor del peligro que ilumina tu encanto.


En silencio en lo obscuro, tus ojos que espían
Y dejada entreabierta, la ventana en tu cuarto
Agitada en el miedo, en tu pecho latía
Un reloj que golpea con segundos cansados.


Me sumerjo en tus brazos, fugitivo en la noche
Que tu olor me perfume y tus ojos me toquen
En mi oído tus labios su amor me murmuran
Un temblor su dolor en mi cuerpo descarga
Una lagrima rueda al caer en mi espalda
Y rendida a mi amor, tu piel virgen y pura.

# COMENTARIOS

Te dirán mil cosas al oído
Cuando parta.
Te dirán esas cosas
Que solo se dicen de costado,
Con la mano
Tapando media boca,
Y solo lo suficiente
Para transferir a otros su autoria,
Pero lo necesario
Para que puedas escucharlas
Y te desangren.
Te dirán que fui con otra,
Que ya no te amo,
O que estoy vencido
Y ya no tengo
Fuerzas para amarte.

Te dirán que no te quiero
Que no te fui sincero
O que he cambiado.
Pero amor
Tú me conoces
Y  sabrás reconocer
Que es verdad
Y que es mentira,
Y muy adentro
Te preguntaras
Si sangra tu herida
Como la mía.

# MIEDO

Miedo que me quitas
El obrar certero,
Miedo que congelas
Mis tibios momentos,
Miedo que derramas
Al aire respuestas
Que no son las justas,
Que no son las ciertas.
Tú siempre me sigues
Miedo en las acciones
Y trabas con rejas
Mis dulces pasiones.
Tú siempre me ahogas
Pintando mi cara
Con tintes rojizos
Que aumentan mis pausas.
Tu miedo me absorbes
Me roes, me quemas,
Y me arrojas luego
Por sendas inciertas,
Y luego me aplastas,
Me empujas, me frenas,
Y dejas mi cuerpo
Librado a sentencias.
Tu miedo que esperas
Librar una guerra
Con mi mente joven
pudiendo vencerla,
tu miedo no dejes
que ahora me quiera,
porque siento miedo
…miedo de perderla

# PRISIONERO

Me descubre la tormenta
En tu mirada,
En las noches
Que siguieron tu partida,
Y el recuerdo
De tus ojos asesina
Lo que queda
En mi piel enamorada.


No hay razón
Para seguir así llorando,
No hay dolor
Que describa el sufrimiento,
No hay placer
Que suplante lo pasado,
 Ni remedio
Que me alivie este tormento.


Perderé así
Las pequeñas ilusiones
Que aun me quedan
Y mantienen vivo
Me darás la libertad, soy prisionero
De mis lágrimas,
O tendré
Que sentir
El eterno
Castigo
De tu olvido.

# ESTADO

Sentir tus latidos que me tocan
Recorrer tu geografía enamorada
Morder tu boca tibia y loca
Sumergido en tu piel dulce y salada.


Buscar con mi tacto tus secretos
Desgarrando con mis dedos tus espaldas
Detenerme afirmado en tu cintura
Y penetrarte con el centro de mi alma.


Descubrir en lo absoluto tu sonrisa
Besando las huellas de tu cara
Entregarte generoso mi simiente
Y rendirme silencioso a tu mirada
El sol que regresa como siempre
Y tu boca suspirando que me amas.

# AL MORIRME

Si tuviera una sola cosa
Que decirte al morirme
Te diría Te quiero
Y así en paz podría irme.


Y si hablar ya no pudiera
Por sin la voz quedarme
Te daría una sonrisa
Y así en paz podrán llevarme.


Y si ya no hubiera forma
De decirte que he sentido
Por quedarme ya dormido,
¿Sabes que?
Tanto no me importaría
Porque siempre habrás sabido
Que yo siempre te he querido.
(….y también en paz me iría.)

# SE

Se de tu cuarto empapelado con mis versos,
Se de tus proyectos, de tus ganas de escaparte
Y de tus aspiraciones;
De tu soledad y de tus miedos,
De tu profundo amor a otro
Que nunca ha respondido.
Se de tu mensaje difuso
De tu valor y de tu cobardía
De tu alma hecha tormenta,
De tu pereza y de tu inocencia.
Se de tu alegría loca
Y de tu tristeza lista a romper en llanto.
De tu ternura que no tuve
Y de tu mirada critica
Viéndome a la deriva;…. A veces
Se de tu corazón gigante
Queriendo darlo al mundo
Y de tu ser frágil
Queriendo parecer más fuerte.
Se de tus culpas escondidas
Y de tus sueños y de tu espíritu inquieto
Buscando la excelencia.
Se de tus egos y de tus orgullos
Y de tus defensas; se de tus ojos
Pidiendo me detenga;
Se de tu sonrisa, y de algunas de tus lagrimas.
Se muchas cosas
Niña de vos,
También se que me quieres,
Como también se,
Que no me amas.

# SOLEDADES

Gracias soledad,
Porque así me sumerjo
Al silencio de tu abandono.
Así logro inspirarme
Y rescatar de lo más feo
Lo más hermoso.


Gracias por tomarme siempre
Desprevenido,
Sin el calor de un cuerpo
Para armar.


Gracias por desnudar
Mis secretos confesos
Y darle transparencia
A mis sentimientos.


Por encerrarme y
Golpearme el alma
Hasta llorar.


Gracias,
Por dejarme estar
Conmigo.

# LA INDIFERENCIA

Como una vos no escuchada,
Como un llamado de atención
Que nadie atiende,
Como un secreto
Que a nadie ya interesa,
Como una sola gota
De lluvia en la tormenta,
Como un solo sonido
En medio de un ruidaje,
Como una queja
Que a nadie ya perturba,
Lance a ti
Dirigida una mirada,
Absorta,
Distante,
Lejana estabas,
Inalcanzable
Y tan metida en tu alegría.

## MUJER PENSADA

Edificio en mente
Mi mujer pensada,
De cuerpo delgado
Y de tez rosada;
Con cabellos rubios
(negros) y descalza
Corriendo en la playa
De ojos azules(negros)
Jugando en el agua.
Edifico en mente
Mi mujer pensada,
Fuera de su cuerpo
Su alma es muy blanca,
Su dios (mi dios) esta cerca,
Y su cuerpo virgen
Y su tez rosada.
Grande en su cariño
Cuidara mi casa,
Cuidara mis hijos,
Cubrirá mis pausas,
Ya la ven mis ojos,
Se acerca y me ama,
Ya no hay pensamientos,
Es ella quien llama,
Se me va acercando
Me besa y me abraza,
Y me dice cerca,
¡No me imaginabas!
Soy yo quien se acerca
…no la que pensabas.

## TE RESPIRO


Creo que empiezo amar tus cosas
Tu fondo,
Tus formas,
Y todo lo que te pertenece.


Quiero estar contigo
Aunque ya estoy contigo,
Para decirte porque ya no lloro
Para decirte
Porque ahora río,


Estas en todos mis poemas
En todas mis plegarias
Y presente aunque ausente
En todos mis sentidos.


Te siento amor,
Te tengo amor…
Y te respiro.

**SOLEDAD**

Que solo
Que me siento
Por las noches
Siempre,
Cuando ya todo
Es silencio
Y no tengo
Quien me aliente.
Estar solo
Sin hablar,
Ni a quien mirar,
Con quien reír,
Con quien llorar,
Tan solo alguien a la par
Para un secreto
Compartir


Solo comer,
Solo rezar,
Solo beber,
Solo fumar,
Y solo estar
Con uno mismo


Estoy tan solo
Dios,
¿ Tu estas conmigo ?

# PUDE SENTIR

Pude mi amor sentir
La sal de tus lágrimas,
El vacío de tu pecho,
Y la soledad en tu mirada.


Puede sentir el temblor en tu voz,
El sudor en sus manos,
Y tu corazón estallando a pedazos.


Puede sentir la saliva amarga en tu boca,
Y el beso desesperado de una despedida.


Puede sentir el temor en tus ojos,
Y el frío de la soledad
Corriendo por tu espalda.


No fue fácil decir adiós…
Solo espero que puedas perdonarme.

# DOLOR

Me dejo tu piel enamorada
Un poco tonto
Un poco triste
Un poco ausente,
Y reniega mi vida capturada
En el pasado
Sin futuro
Y sin presente.
Me dejo tu sonrisa en el silencio
Flotando en cada aire que respiro,
Y persigo un poco loco
Un poco necio,
Un poco ido,
Tu mirada
En todas las que miro.
Me asesina tu aliento en la mañana
Como impreso en las flores
que despiertan,
Rompo en llanto
Cerrando la ventana
Y un ahogo en el pecho que revienta.
Ya no puedo vivir sin vos
Ya no hay salida
Que me aleje de este sufrimiento
Pasare, sin tenerte
A otra vida...
Sin dolor
Sin tu amor
Y sin tormento.

# PUDE QUERER

Pude querer todo lo que imagine de vos,
¿Sabes?....,
Y aunque te resulte extraño
Nunca espere nada a cambio.
Pude querer  toda tu sonrisa
Porque muy cerca de ella
Descubrí toda tu alegría,
Todo tu candor,
Toda tu frescura,
Y todo tu temor también
A no lastimarme
Con todas las dudas
Que de pronto…
Te fueron quemando adentro.
Pude quererte muy dentro de tus ojos,
Porque puros,
Porque ingenuos,
Porque verdes,
Porque encendidos,
Nunca dejaron de mostrarme otra cosa
Que el centro exacto de tu alma.
Pude querer cada una
De tus ingenuas palabras, …a veces,
De tus mas duras distancias, …muy  pocas,
Y de tus más tiernas miradas,
Pero hoy chiquita
Que estas tan lejos,
Puedo querer más que nada
Que te sientas tan libre
Como necesites.

## AMOR

Amor…
Inútil explicarte
De otro modo,
Que junto a vos
Lo tengo todo.
Siento fuerza,
Energía,
Y tú sola
Mirada me da vida.

Siento un temblor
De ternura
De alegría,
Siento aumentar
Mi potencial
Todos los días.
Siento cariño,
Bondad,
Respeto,
Siento que todo
Nos hace más perfectos.

Siento que todo
Tu ser hoy me completa,
Y no existe
Otra mujer en el planeta.
Siento tal vez
Que empieza algo
En nuestras vidas,
Con un montón
De alegrías escondidas.

Y siento a DIOS
También
Muy cerca mío,
Alentándome
En cada silencio
Que respiro.
Y siento amor
Que vibra,
Se nutre,
Perfecciona,
Siento que crece
Con la fuerza
Que lo tomas.

Siento algo extraño
Amor,
¿Cómo explicarte?
Si no puedo
De mi alma
Separarte.

Por eso amor
Yo no se como,
Me conquistaste
De ese modo,
Por eso amor
¿Porqué explicarte?

Si junto a vos
Lo tengo todo.

# ORACION

DIOS…
Lléname de paz
Ahora que mi vida es un tormento,
Que no puedo avanzar
Así,
Ahogado en tanto sufrimiento


Cura mi dolor,
Mi angustia,
Mi honda herida,
Que siento,
No la tengo;
Tan solo te pido
Un soplo de tu aliento.


No me abandones,
No lo harás,
Aun así yo te lo pido,
Seréname estoy inquieto
Cobíjame al amparo de tu abrigo.
Protégeme, auxíliame,
Te necesito,
Quiero sentir que aun
Puedo estar vivo.

## TE BUSCO


Te busco mujer y no te encuentro
Te busco y quiero hallarte,
¡¿Dónde estas!?
¿Estas detrás de aquellas ropas…
Detrás de aquellos ojos negros ?


¡Quizás …quizás!


Te busco mujer entre las otras
Te busco y quiero hablarte,
¡¿Dónde estas'!
¿Estas detrás de aquellas gentes…
Detrás de aquellas cosas?


¡Quizás…quizás!


Te busco mujer y no te encuentro
Te busco y quiero amarte,
¡¿Dónde estas!?
¿Te habrán hecho de piel
Mis blancos pensamientos?


¡Quizás…quizás!

## QUERIDA VERO

Yo se
Que estas dormida y en silencio,
Mordiendo sola tu dolor
Muy despacito.


Yo se de tu sufrir profundo,
De todas tus lágrimas
Y de tus sueños
Ahora que estas dormida.


Yo se de tu energía,
De tu potencia
Y de tu impulso
Por volver a despertar.


Yo se con cuantas ganas
Queres volver a reír,
Del mismo modo
Que vivís todos los días.


Yo se que a veces
Pierdes las fuerzas
Y por momentos
Quieres bajar los brazos
Para no volverlos a subir.

Por eso hoy te pido
Que no nos dejes,
Y sonríenos
Como lo haces siempre,
Porque sabiendo de tu alegría
No te queremos extrañar.


Por eso amiga
No te abandones
Esta cerca de ti Dios
Y podes confiar
En las fuerzas
Que tiene para darte,
Esta cerca de ti Dios
Y toda tu fe
Va a hacer
Que pronto te pongas bien.

Te esperamos,
….con la sonrisa de siempre.

# PLEGARIA

Tú sabes Dios……
Que a veces somos ingratos
Y dudamos de tu bondad.
Cerramos el puño
En un llanto impotente
Y desesperados
Perdemos la Fe.


Tú sabes Dios…..
De tanto dolor ,
De tantos miedos
De tantos silencios
Que nos van quemando adentro
Hasta quebrarnos,
Hasta perder
la esperanza chiquitita
que aun nos queda.


Tú sabes Dios…..
Que cuando muchas veces
Cruces tan duras
Debemos cargar,
No solo perdemos las fuerzas
Para cargar las propias,
Sino también la caridad
Para ayudar a cargar las ajenas.

Por eso hoy te pido Dios
Que nos des
A todos los que sufrimos
Junto a ella,
Todas las fuerzas
Para no perder la Fe,
Toda la templanza
Para no agotar nuestra esperanza,
Y toda la prudencia
Y el sentido de justicia
Para crecer en nuestra caridad.


Pero ante todo
Te pido Señor….
Que nos des mas Fortaleza
Para seguir orando.

# SONETO

Tengo un soneto para darte amargo
Porque de mi, las risas ya partieron
Y todos los sueños se perdieron
Porque tome tu corazón en vano.


Debí ser como un Dios, pero fui humano
Y di todo de mí, sin más medida
Quede atrapado en ti, mientras tu ser me aspira
Y no puedo escapar con extender mi mano.


Donde estará ese amor, mi amor que yo persigo
Sino puedo encontrarlo, cruzado en mi camino
Podré zafar de ti, ¿ será mi pena blanda ?


En ruinas me dejaste, entero destruido
Mi vida va muriendo, quien sabe a que destino.
Tendrás mi corazón, pero jamás el alma.

# TE LLEVASTE

A veces me pregunto
Donde has ido amor
Que hoy no estas conmigo

Te llevaste mis ojos
Que hoy ya no miran
Y ciegos deambulan
Sin sentido
Por las noches.

Te llevaste mis oídos
Que solo escuchan el grito
Reprimido de mí llanto.

Te llevaste mis labios
Que ya no pueden
Sentir los besos de otros labios.

Te llevaste mi piel
Y solo siento el frío
De mis soledades.

Te llevaste mi sonrisa
Y ya no hay nada
Que devuelva mi alegría.

Te llevaste amor
Todo de mí;
Y también contigo
Te llevaste mi alma.

# UNA TRISTEZA

Una tristeza nueva
Entro en mi corazón,
¡ Oh tristecita mía
Deja mi cuerpo hoy!


Una tristeza nueva
Una tristeza de amor
¡ Oh tristeza, tristeza
¡ No quiero sufrir por vos !


Te dejare en estos versos
Así, pidiendo perdón,
¡ Oh tristeza, tristeza
¡ No mates esta ilusión !


Prometo cambiar de veras
Por ella llorando estoy;
Pero tristeza, tristeza,
No dejes que diga no.

# DOS ALMAS

Llegara la noche
Llegaran las lunas
Llegaran las pausas,
Te haré en el silencio
De imágenes santas,
Te veré radiante
Te veré rosada,
Dirás que me quieres,
Dirás que me amas,
Y yo te habré visto
Con tu piel cansada,
Llegar a mi cuerpo
Llegar a mi cama,
Y en aquel instante
En que la voz es agua
Y dos cuerpos se encuentran
Y el amor no escapa,
Un rayo aparece
Y nos bendice el alma.

# EL DUENDE

Desnudas tu alma
Oh ! duende perdido
Por entre las malvas.

Te agrieto la lluvia,
No dijiste nada.
Ni al viento, ni al tiempo
Echaste plegarias
Y hoy yaces dormido
Duende de la casa.

Tu sombrero rojo
De verde ya estaba
Y una madreselva
Trepo hasta tus hombros
Y una margarita
Cubrió tus espaldas,
Tapándote el cuerpo,
Las manos, las alas.

Te has quedado quieto
Ya no dices nada,
Y tus sueños pequeños
También se escapaban,
Tu gorro maltrecho
Y tú mirada cansada,
Oh ! duende si has muerto
No dejes mi casa.

# NADA MEJOR

. . . que una tierra extraña
Para valorar la propia,
Ni las voces de otras lenguas
Para recordar la nuestra,
Ni la fragancia de otras flores
Para extrañar tanto la mía.


Nada mejor,
Que la distancia de tu cuerpo
Para preguntarme
Que hago entre estas sabanas.

## COMO HACERLO


Como atrapar
Un sueño que se escapa,
Como detener
Una mirada en el silencio,


Como atrapar
Tu sonrisa entre mis labios,
Como detener
El tiempo ahora,
Para que todo lo que sentimos
Nunca tenga que terminar

# MI VIDA

Mi vida es una larga
Vida alegre
Que me queda por vivir,
Donde a veces uno gana
Y otras pierde
Pero que alegre siempre
Riendo he de sentir.

# ALGUIEN

Alguien,
Siempre llama
A tu puerta
Cuando llueve.

Alguien,
Siempre llama
A alguien
En la calle,
En los parques,
En las aulas.

Pero pocos
Son los que llaman
A tu corazón,
Cuando la pena
Cierra su puerta
Entre el caer
De una lagrima.

## LA VISION

Más allá de la brisa
Y sin aliento
Me pude detener
De tanta prisa
Me quiso acorralar
Un sufrimiento
Y lo detuvo
Su pálida sonrisa.

Fue una visión sutil
Allí en lo obscuro
Corría por la noche
Enloquecido
De pronto me rodeo
Su viento frío.

Detente ya, me dijo
Lo recuerdo
No debes más
Seguir corriendo,
Sudor helado
Bajaba por mi espalda
Su luz
Tan pura y blanca.

Me desperté,
Debí haberlo soñado,
Cerré los ojos
Y me quede dormido.

## LA FLOR

Me fui de la estación
aquella noche
embriagado de tu amor,
y silencioso
en lo obscuro,
hurte de un jardín
aquella flor.


No se porque lo hice
Si ya te habías ido.
Tu boleto era de ida,
Y tu tren
Contigo había partido.

# INSPIRACION

Porque me llegas
En las noches
Inspiración profunda
Que dejas mis versos esparcir,
No ves que a veces quiero
Que llegues con el día
Y así poder dormir.

# QUIERO

Quiero decirte algo
Y no lo se decir,
Quiero mirar tus ojos
Y no los se mirar,
Quiero decir te quiero,
Y no lo puedo hacer,
Quiero decir te quiero,
Que me responderás....

# ELLA


Ella es ....
Un manantial de luz
De esperanza
De amor
Que teme despertar.


Ella es el sol
De un amanecer que espero.

# SILENCIOS

Si pudiera elegir
Entre todos los silencios
Elegiría el silencio
De tus besos,
… es el más dulce.

## TU PUERTA


Si tan fácil fuera
Abrir la puerta
que me lleva a ti
como la que me lleva
a mi cuarto,
seguro estoy
de que no golpearía
ni pediría permiso
ni buscaría la llave
ni preguntaría
si hay alguien.


La abriría simplemente
La tiraría abajo
Si estuviese cerrada
Encontraría la ventana
O esperaría sentado
Hasta que me abras,
Porque siempre para todo
…hay una alternativa.

# DONDE

Te busco amor
¿ Donde estas ?,
¿ Porque no llegas ?
¡ A llenar mi corazón
 De primaveras !

Te busco amor
¿ Donde vas ?
¿ Porque te escondes ?
¿ Porque aun no se tu nombre ?

¿ Donde estarás amor ?
¡ Que larga espera !
¿ Llegaras a mí
Antes que muera?

# TEMBLOR

Tuve tu sonrisa
Anoche,
Entre mis ojos
Tuve tu mirada
Y tu candor
Entre mis manos,
Tuve tu alegría,
Tu silencio sereno
Y todas tus dudas sobre mí
Cuando con un temblor
Te dije que me gustabas.

# BREVE

Si abreviar
en un poema
yo debiera
amada mía
decir lo que por ti
he sentido,
te diría
que seguro
nadie habrá
que tanto
como yo
te haya querido.

# DESPEDIDA

Hubiera querido
Que estuvieses ahí
Cuando me fuera,
Y sin temor
Pudieras
Sostener la mirada.

También
Hubiera querido
Que una vez más
Sostuvieras mis manos
Entre las tuyas,
Acariciando las huellas
De mis años
Y aliviando
El dolor
De mis heridas.

Te lo habría pedido
Si me hubiera
Sobrado el aliento,
Pero volví solo
De donde nunca
Había partido.

# TIMIDEZ

Si miro
Profundo
En tus ojos
Y quietos
Los veo
Perderse
A lo lejos.
Si tomo
Tu tímida
Mano,
Y a veces
La quitas
con miedo.
Si siempre
Que intento
Entrar
A tu alma
No puedo,
Entonces
Pequeña
No pidas
Que en todo
Ese miedo
Que sientes
Te diga
Te quiero.

# NIÑA

Me preguntas niña porqué pido
que vengas a mis brazos
en un abrazo más,
y yo niña te digo
que a veces tengo miedo
que todo sea un sueño
y vaya a despertar.

Me preguntas niña porqué tanto
detengo mi mirada
en tu mirar,
y te digo niña porque temo
que a mí cierres tus ojos
y no los abras más.

Me preguntas niña porqué siempre
me quedo en tu sonrisa
a suspirar,
y te digo niña porque temo
que pierdas tu alegría
y ya no rías más.

Me preguntas niña tantas cosas
me preguntas si te quiero
¿ Qué pensás ?
me preguntas niña muchas cosas
pero hoy niña te pido
que no preguntes más.

# ¿QUE QUIERES?

Si miro
profundo
en tus ojos
y quieto
los veo
perderse
a lo lejos
si tomo
tu tímida
mano
y a veces
la quitas
con miedo
si siempre
que intento
entrar
a tu alma
no puedo
entonces
pequeña
¿qué quieres?
que en todo
ese miedo
que sientes
y siento
te diga
te quiero?

## ¿SABES QUE?

¿Sabes que?
Me preguntaba
porqué pasó lo que ha pasado
y no sé,
me respondía
será porque tus ojos me han comprado.

¿Sabes qué?
Me preguntaba
porqué será que te he encontrado
y no sé,
me respondía
será porque pasaste a mi lado.

¿Sabes qué?
Me preguntaba
porqué mi amor te he declarado
y no sé,
me respondía
será porque tu sonrisa me ha inundado.

¿Sabes qué?
Me preguntaba
porqué amor a mí has llegado
y no sé,
me respondía
¿ nos habrá Dios presentado ?

# INVENTADO

Yo te inventé amor con solo desnudarte
y llevarte conmigo en cada viaje,
no puedo en mi locura olvidarte
y no puedo soportarte aunque quisiera
del peso que carga mi equipaje.

Me sigues con tus ojos dondequiera
que yo vaya, y herido y desnutrido
no logro detener mi marcha en un paraje,
circulo por la vida
llevado por el viento
me llevará a la muerte,
aspirar sólo tu aliento
me llevará a la muerte,
antes de que me baje.

Boyando voy clavado en tu mirada
que encuentro en cada paso
¡te inventé yo! ¡no me persigas!
pareces disfrutar mi alma hecha pedazos
no logro que te borres del rostro esa sonrisa.

No me tortures más, pequeña te lo pido
ya no puedo vivir este camino
debo recomenzar mi vida ciega y vana.

¿Qué te parece? tengo un trato
tu el alma me devuelves
y yo a cambio
¿qué puedo darte?
si ya no tengo nada

## ¿COMO EXPLICARTE?

Cómo explicarte amor
¿cómo explicarte?
si te alejas
cuando quiero amarte.

Si me lleno de dudas
de impotencia,
de miedos.
Si trato de llegar a ti
y no puedo.

Si trato de buscar una salida,
una respuesta
y cada vez
que llego a ti
cierras tu puerta.

Si caigo una, dos, tres
veces y otra vez
lo intento,
y caigo en un nuevo
sufrimiento.

Cómo explicarte amor
¿cómo explicarte?
¿habré hecho todo
para amarte?

# OTRA PARTIDA

Una luna que cae como muchas
otras más que van y vienen
todos los días.
Detrás de todo solo mirabas
y yo algo presentía.
Como te dije,
nada iba a ser fácil
ya lejos habías decidido irte
para escapar de todo
de algo, o de nada.
No quisiste pedirme
que te besara,
tu orgullo era más fuerte,
y más fuerte aún
tu mirada contenida
que te impedía llorar.
A veces me pregunto
porqué no me dijiste
qué te pasaba,
talvez hubiera podido hacer
algo por vos o por los dos,
no lo sé…
también yo dejé de creer en eso.
Porqué no rezamos,
talvez nos haga sentir mejor.
En secreto , muy despacito,
para que no me escuches
te digo:
que todavía te quiero
aunque sólo sé
que sirve para mí.

# CON UNA SONRISA

Pídemelo como siempre:
con una sonrisa.

No te daré nada si no quiero.
Tú lo sabes,
no es fácil para mí
hacerlo de otro modo.
Mucho me has herido
antes,
sin querer hacerlo.

Por todo eso
pídemelo como siempre
con una sonrisa.
No hay otro modo
en que puedas alcanzarme.
Te sé orgullosa,
a veces fría,
a veces silenciosa,
pero… aún así
pídemelo como lo necesito,
con una sonrisa.
Sabrás así lo que podrás quitarme.
Y se paciente,
desconfío,
mucho he sufrido
sin tu amor
por eso,
si algo quieres…
¡ Pídemelo !
… pero con una sonrisa.

## COMO DECIRTE

Como puedo hacer amor
para decirte
lo mucho que te amo,
si absorta tu mirada no me deja
que pueda articular una palabra.

Como puedo hacer amor
para decirte
lo mucho que te extraño,
si cada vez que quiero
más te alejas de mi alma.

Como puedo hacer amor
si cada vez que quiero
decirte lo que quiero
te me escapas;
si cada vez que quiero
llegar a ti no puedo
y aumentas
sin medida las distancias.

Entonces…
Qué puedo decirte amor
si no me dices
¿ Que te pasa ?

# NADA

Temí perder
la dignidad por ello
y sin embargo por amarte
me arrastré como serpiente
hasta tu lecho.

Cuánta angustia
cuánto dolor,
cuántos reproches
tuve que soportar
de tu boca
aquella noche.

Y sin embargo
como empezó,
ya todo acaba
yo te di amor
mi alma
mi vida
y vos a cambio…
NADA.

## LA TRAMPA

Si tu hoy tuvieras
un no para mí
cuando yo esperaba
que digas que sí
haría yo como
que no te escuché
y un beso en los labios
si puedo daré.

Mas si tú esquivas
ésta mi intención
y en tibias mejillas
quedara mi acción,
diría yo entonces
que me equivoqué,
pero nunca más
yo te olvidaré.

Ahora si en cambio
mi trampa lograra
llegar a tus labios
y besarte amada
talvez si te gusta
te quedes conmigo
y aunque sin respuestas
lo habré conseguido.

# INSOMNIOS

Como si el sufrir se tratara
de una acción propiedad exclusiva de mujeres
me entregué a la búsqueda de un argumento
que me impidiese llorar por ti.


Y recordé…,
mi primera caída en bicicleta
la muerte de mi primer perro
y la primera cita en la que fui el único asistente
hasta que me convencí
pasada la medianoche
que ella ya no vendría.


Di vuelta mi almohada
como en un intento vano de seguir durmiendo
y se me cruzó la imagen de mi abuelo
en sus últimos días,
y un barco que se iba
con la primera mujer que había amado.


Un cigarrillo más
ya pronto he de dormirme
se me ocurrió que así sería
y me pregunté,
qué podría haber sido de mí
si volviese a tener de nuevo veinte años
por elegir un punto de partida.

Seguramente habría hecho otras cosas,
como estar a tiempo en ese muelle
antes de que ella partiera,
o no concurrir a una cita
donde presumía que iba a estar solo.


Acerca de mi abuelo,
al igual que mi perro
tuvieron una buena y larga vida,
y hoy hubiera puesto
las manos sobre el volante
de mi bicicleta
como también sobre mi boca
para evitar decirte que te amaba.


De todos modos
aunque ya son las tres
y preferiría estar durmiendo
hay veces
en las que estoy despierto por ti
con pensamientos como estos.

## EL TREN

Cuento seis vagones
dejo de contar
un tren ya se ha ido
¿ Cuándo volverá ?
Trepará montañas
besará el trigal
mirará a los ríos
pero nunca el mar.
Estará en mil pueblos
lejos de mi hogar
cruzando cien bosques
bordeando un volcán.
Llevará ganado,
cereales quizás
hombres de la tierra
y hombres de ciudad.
Pasará por puentes,
que lejos están
llevando en sus hombros
carbón mineral
el correo madre
y montañas de sal
hombres de la tierra
y hombres de ciudad.
Cuento seis vagones
dejo de contar
llegará a Los Andes
pero nunca al mar.
Cuento seis vagones
¡ Que lejos están !
Se llevan los sueños
que dejé escapar.

# VEJEZ

Perderé el cabello,
pasarán los años,
sumarás arrugas,
te veré llorando.
Caminaré lento
sumaré descansos,
tu cuerpo y tu mente
se irán marchitando.
Besarás los nietos
e irás recordando
historias que escapan
de viejos retratos.
Te veré descalza
me iré marchitando
cambiará tu pelo
y me verás llorando
y al paso del tiempo
iremos pensando
que perdimos mucho
¿…ganaremos tanto?

# A TI ETERNO CAMARADA

( Dedicado a mis camaradas y amigos muertos
en las irredentas Islas Malvinas entre el 2 de
Abril y el 14 de Junio del año 1982 )

A ti
…eterno camarada

Porque he sentido en mis entrañas
tu caída allí en la tierra
y porque vi tu sangre
enfriarse con la fría muerte,
bajo las piedras regadas
por la sangre de otros tantos,
bajo la niebla,
bajo la lluvia
bajo el artero fuego.


A ti,
eterno camarada,
porque me sentí impotente
y supe que mi sangre
aún hirviente de ideales
fue también un poco tuya.

A ti,
eterno camarada,
porque solo tu
conociste la victoria,
porque solo tu
pudiste morder las formas de la gloria,
y conquistar el linde
de la inmortalidad.


A ti,
eterno camarada,
que pudiste saber en un instante
que era eso lo que amabas,
y seguro
seguiste hacia delante,
y seguro
fijaste tu mirada en la mirada de la muerte.


A ti,
que en cada paso de tu marcha
volviste a jurar a Dios
que no permitirías
al precio de la vida
que nadie cambiara
por otra
la bandera de tu patria.,
que nadie cambiara tu bandera
por la bandera amarga de la derrota.

A ti…
soldado camarada,
allí esta tu corazón
hecho fusil,
hecho metralla,
y será tuya la próxima victoria
como fue tuyo
el grito
para aprender a morir.


A ti…
eterno camarada,
porque fuiste sangre,
fusil,
dolor,
muerte,
tierra,
rocas,
bandera,
… pero también amigo.

(649 argentinos murieron en la Guerra de
Malvinas en 1982 y 1082 resultaron heridos )
Que sus gritos de amor por la patria no
mueran en el olvido)

# CONFINES

Allí donde el cielo
es una sola llama
y el desierto aumenta
las largas distancias,
allí está mi norte
ardiendo entre brasas.

Allí donde el hielo
choca con las rocas,
y el hombre en la nieve
detiene su marcha,
y el sur grita patria
y las hogueras cantan.

Allí donde nacen
los ríos, las aguas
y el Señor habita en las altas montañas
allí está el oeste
con sus marchas arduas.

Allí donde el trigo
hacia el mundo viaja,
y el sol nos despierta
con el ruido a fábrica,
mil hombres mastican
la tierra callada
y el este aprisiona
ciudades que charlan.

Allí donde el hombre
pide una plegaria,
y el viento sacude
los techos, las máquinas,
se oculta la Antártida
entre rocas blancas.

Allí en los confines
del fuego y del hielo,
del mar y las altas
montañas de plata:
hay hombres que dejan
sus cuerpos y sus almas
gritando en silencio…
¡que viva LA PATRIA!!!

# TEOREMA

Si escribiera un poema cada noche,
podría escribir entonces
trescientos sesenta y cinco poemas al año,
eso siempre y cuando no fuera año bisiesto,
pues entonces mi rendimiento
sería de trescientos sesenta y cinco dicho año
o de trescientos sesenta y cinco con fracción
de veinticinco, en promedio.
Pero cuentas más o cuentas menos,
supongamos que descarto en una primera
autocrítica
un veinte por ciento; por errores, porque no cierran
o porque simplemente no cuadran a mi gusto,
deberé restar entonces, setenta y tres
quedándome un total de doscientos noventa y dos
poemas útiles, obviamente respecto al año tipo.
Como esto, no me tendría conforme, seguiría
con una segunda revisión de aún más detalle,
para eliminar los que por burdos, comunes,
dirigidos que prefiero no dirigir, u otros motivos,
para así descartar la mitad del anterior subtotal
lo que me daría por resultado tan solo
ciento cuarenta y seis unidades poéticas,
lo que ya sería un poco más definido.
Si considerara fraccionar la obra,
voy a preferir por supuesto, hacerlo de acuerdo
a los temas afines dividiéndolos por partes
o capítulos, pero siempre dentro de un mismo texto
porque de lo contrario, tendría que dividirlo en dos
lo que me llevaría a las nubes los costos de
impresión.

Definitivamente, haré un solo libro al año,
y conviniendo previamente con mi editor
un favorable arreglo del diez por ciento para mí,
( dada mi condición de novel escritor ),
me lanzaré a la libre empresa.
Por supuesto que él accederá a correr con todos
los gastos que implique la edición, distribución y
publicidad de mi obra, de los cuales
previos contemplados cinco mil ejemplares,
se imprimirán por la suba del papel sólo dos mil,
y dado que será necesario cubrir el incremento
producido en los costos publicitarios,
se separarán exentos de mis ganancias mil,
quedando contemplados para la venta participable
exclusivamente, mil unidades.
Los vendedores de la editorial, que ganan
aproximadamente,
el veinte por ciento, estiman, que si tengo suerte,
solo venderé el treinta y tres por ciento de mi obra
el primer año, y eso porque aún nadie me conoce,
sin contemplar todavía que le agrade a  mis lectores.
Por eso y según mis cálculos, talvez logre vender
de trescientos a cuatrocientos ejemplares por año
a diez pesos por cada uno, y con una utilidad
marginal para mí de un peso por libro,
lo que me daría, centavos más, centavos menos,
un promedio de ingreso diario, y ahora sí, casi
definitivamente, de un peso por día.

No sé porqué, estoy llegando a la conclusión
de que éste trabajo, no me conviene.

# CAMPO

Campo que desgastas
mi frente y mis manos
Campo que desatas
la furia del astro
campo que lastimas
mi casa y sus ranchos,
¡ campo dame frutos,
campo dame algo !

Tu campo que agrietas
mi espalda y mis brazos
y que yo tus fauces
con sangre he regado
¡ campo dame frutos,
campo estoy muriendo
campo estoy sangrando !

¡ Campo dame algo !

# HOMBRES Y MANOS

En todos los cielos
y tierras y mares,
hombres de la tierra
y hombres de ciudad,
reúnen sus cuerpos
en surcos y naves,
y en cemento amargo
para trabajar.
En todos los cielos
hay hombres que mandan
a otros que han puesto
la pala inicial
y trepan al cielo
como madreselvas
las selvas humanas
hogar sobre hogar.
En todos los cielos
hay naves extrañas
que imitan las aves
que saben volar
imitan su vuelo
sus cuerpos, sus alas
pero aun su canto
no pueden lograr.
Llevan a los hombres
a todos los pueblos
que pueden llegar
cortando las nubes
con altivo celo
reinando el espacio
sin pueblo a reinar.

En todas las tierras
hay hombres y hay tierra
una tierra ronca
tierra para amar
que monstruos de acero
mastican por horas
y al tiempo devoran
granos para dar.

En todas las tierras
gime la natura
gimen los ganados
gime el manantial
gimen porque saben
que la tierra es dura
y en dolores gritan
hasta madurar.

En todos los mares
las aguas devoran
en duras tormentas
los hombres de mar
que llegan pesados
en cansadas olas
a puertos lejanos
que avistaron ya.

En todos los puertos
mil naves de acero
preparar con celo
su vuelta hacia el mar
cargando con fuerza
pesadas industrias
hombres de la tierra
y hombres de ciudad.

En todos los cielos
y tierras y mares
hay manos que sudan
con el trajinar
blancas, amarillas,
negras son iguales,
manos que trabajan
manos de bondad.

En todos los cielos
y tierras y mares
hay hombres que luchan
con lo natural
son hombres valientes
son hombres en serio,
¡Hombres de la tierra
y hombres de ciudad!

## A MI MUERTE

He pensado en la muerte muchas veces
tantas como las veces
que la muerte habrá pensado en llamarme
Pero sin ser tan presuntuoso,
en fin,
ni tantas veces he pensado a mis años
en poner fin a mi vida,
ni seguramente
si de otorgarle ánima
a la muerte pudiera
habría ella de reparar
en un ser tan insignificante
y obscuro como yo.
De todos modos,
despierta en mí y debo confesarlo,
un temor inevitable
a que pueda sorprenderme
sin haber tomado
todas las previsiones del caso.
¡ y vaya caso!
si además de todo lo dicho,
incluyendo lo que por domestico
pueda caer o por común o por maduro,
por lo que más me preocupa
y no por ser organizado,
es por saber si tendré el tiempo
que necesite,
para preparar el equipaje
y no olvidar nada
que me lleve
con este obligado pasaje

a tener que partir
en mi último viaje
en algo arrepentido.
Por eso procurare antes que nada
pagar todas las deudas
que hubiere contraído
incluyendo las materiales que pudiera
alcanzar a cubrir
con mis magras pertenencias.
Pediré una docena de perdones
por los dolores causados
pero solo a mis amigos
los llamaré para avisarles
que he decidido irme por la noche.
De otras posible prioridades
solo veré que a algún cuidado
quede mi perro y única compañía,
y a vos mi amor
mis escritos y recuerdos
para que los busques por la casa.
Mis libros…,
para quien quiera mis libros,
y mis ropas
para quien las necesite.
Y si de algo me olvido
envíame Dios si lo merezco
un ángel que se encargue
de repartir lo poco que quede por devorar.
Y bueno compañera,
¡ cuando quieras !
solo dejarlo por escrito me faltaba.
A ti voy y se ha hecho tarde.

## TENGO

Tengo un montón de cosas
que decirte y
también tengo un montón de cosas
que no debiera haberte dicho.
Tengo proyectos en mis cajones,
tengo secretos,
tantos como no tengo
y tantas valentías como temores.
Tengo un desorden en todo mi orden
y tantas deudas como deudores
tengo tanta humildad como soberbia
y tantas fuerzas como impotencias.
Tengo varios cofres con viejos libros
y muchos dando vueltas que he prestado
tengo más defectos que virtudes
y más errores que aciertos
más horas arreglándome al espejo
que horas silenciosas para mirarme adentro.
Tengo una exagerada capacidad
para soñar despierto,
y la sensación
de que debería estar dormido cuando eso me pasa,
para no tener que recordarlos
y querer llevarlos a cabo todos juntos.
Tengo una sensibilidad al borde de los ojos
siempre, y suelo llorar por nada
tengo mucho frío en el invierno
y puedo pasarme horas mirando el fuego.
Tengo un Dios aparte, me dicen mis amigos
y tengo amigos que llevo a todas partes.

Tengo más años de los que parezco
y menos años de los que debiera parecer.
Tengo una libertad que me impide ser esclavo
pero vivo esclavo de mis ilusiones.
Tengo más dolores de los que quisiera haber
tenido,
y más alegrías de las que merecí tener.
Tengo una fe que no ejerzo en su medida
como debiera ser, y una rebeldía impropia
de mi lado tan autoritario.
Se mandar y no obedecer.
Se conducir tanto como no se conducirme.
Se contemplar
las fibras más íntimas de una rosa
pero no tengo la intuición necesaria para saber
en que momento dársela a la mujer que amo.
Tengo un vacío tan grande, como un espíritu
lleno de revoluciones que también tengo,
y un alma repartida entre quebrarme
o recobrar las fuerzas para levantarme.
Tengo el alma dormida de amor
y también temerosa por si debe despertar
tengo la sensación
de que voy a encontrar lo que busco
como la impresión también,
de que debo esforzarme más para lograrlo.
Tengo un largo camino por recorrer
y el equipaje listo,
aunque siempre algo olvido
tengo…

…( continuara )

Un agradecimiento especial al equipo de " Soñadores Sin Fronteras "

Este libro se terminó de imprimir en
los talleres Gráficos de
La Imprenta Digital SRL,
Melo 3711 , Florida
Buenos Aires,
Republica Argentina ,
en Octubre de 2015,
con una tirada de 1500 ejemplares"

Proyecto Editorial
" Soñadores Sin fronteras "
" Dreamers  Without Borders "


Proyecto de Viaje en Familia
" La Tetera Viajera "
Una idea – Cinco  continentes
1 Idea + 5 Continents

*"Gracias de corazón, por regalarte o regalar a alguien mi pequeño libro de poemas, y por tomarte un tiempo para leerlo y ser un poco parte de mi vida y de mis sueños .*
*Asi la vida, en contacto con gente como vos, tiene valor y cobra sentido "*

*Gracias tambien por ayudarme en mi viaje*

*¡¡¡ Un fuerte abrazo !!!*

*Alex Patzold*